HARUKI MURAKAMI

— 9 stories —

무라카미 하루키 단편 만화선 #7

일곱 번째 남자

七番目の男

무라카미 하루키 소설　　PMGL 만화　　Jc 드브니 각색　　김난주 옮김

비채

le septième homme

일러두기

모든 주는 옮긴이주입니다.
오른쪽에서 왼쪽으로, 위에서 아래로 읽도록 구성되어 있으며 이는 원서와 동일합니다.

K는 언어장애가 있어서 말을 잘 못했습니다

그 사정을 모르는 사람 눈에는 지능에 문제가 있는 것처럼 보였을지도 모르겠군요

저는 덩치가 큰 데다 운동도 잘해서 아이들이 잘 건드리지 못했어요

제가 그토록 즐겨 K와 함께 지낸 것은 그의 마음이 착하고 고왔기 때문입니다

콩쿠르에도 몇 번이나 입상했어요. 표창을 받은 적도 있고요. 별일 없이 성장했다면 화가로 이름을 날리지 않았을까 합니다

그런데 그림은 아주 잘 그렸습니다. 연필과 물감만 있으면 선생님이 혀를 내두를 만큼 멋지고 생명력 넘치는 그림을 그렸지요

장애 탓에 학업 성적은 그리 좋지 않았어요. 수업도 겨우겨우 따라갔지요

아무튼 그 스산한 공백 후에 제가 예상했던 대로 파도가 다시 한 번 해변으로 밀려왔습니다.

시간이 얼마나 흘렀는지는 기억나지 않습니다. 10초나 20초 기껏해야 그 정도였겠지요.

그때, K가 파도에 휩쓸려가고 없는 지금 피해봐야 소용없다고 느꼈던 것 같습니다.

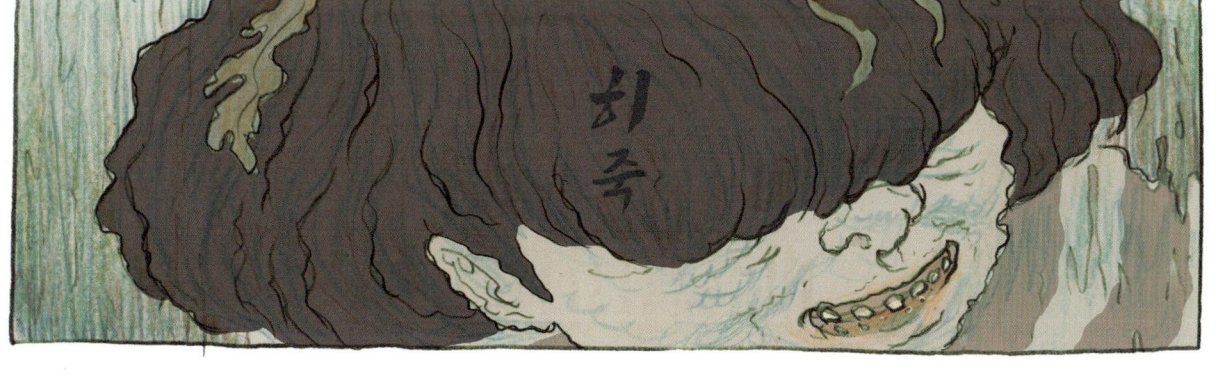

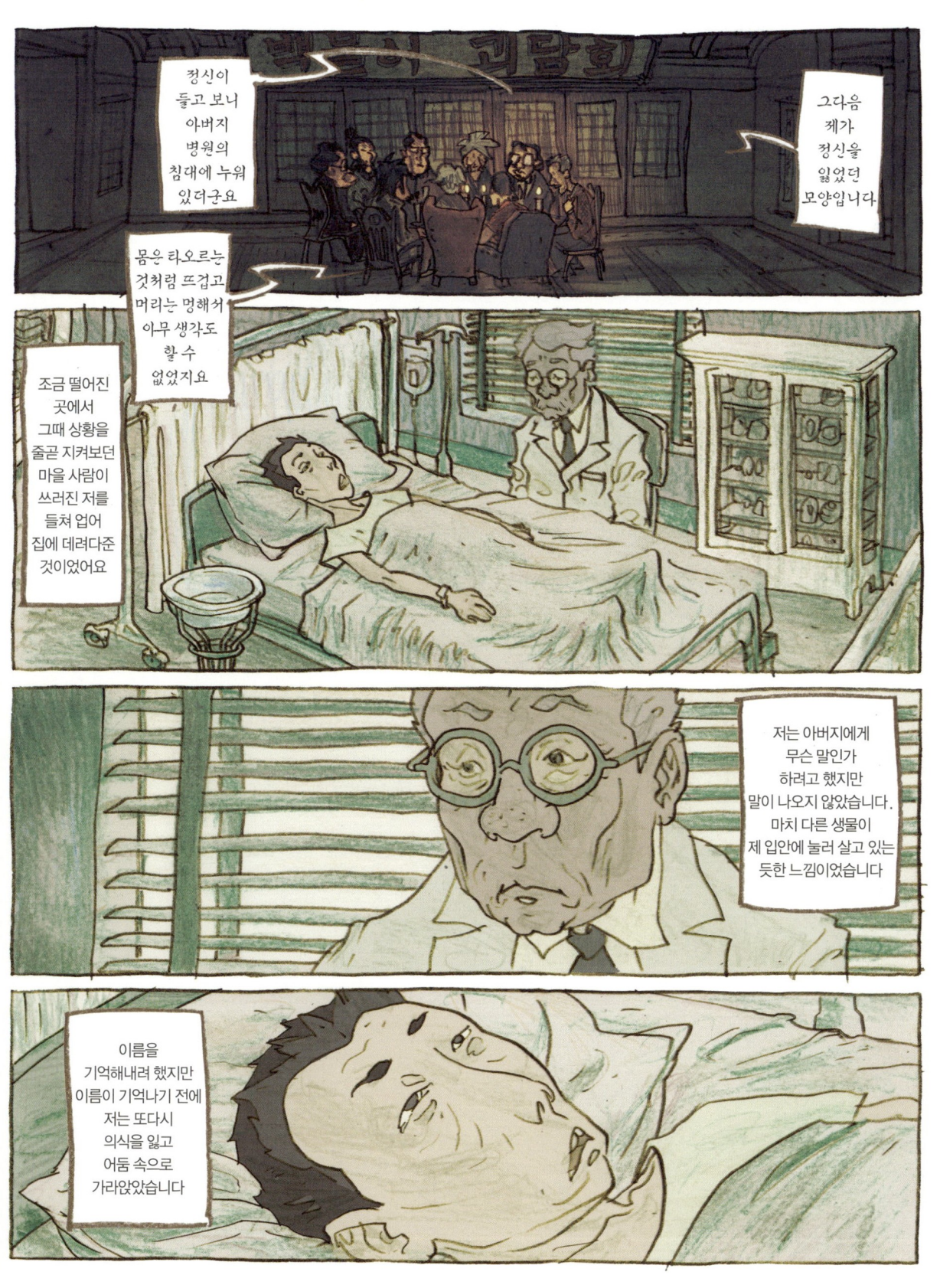

그 마을을 떠나 한참이 지나자 악몽도 예전만큼 자주 꾸지는 않게 되었지요

그러나 때로 그것은 수금원이 문을 두드리는 것처럼 저를 찾아왔습니다. 잊을 만하다 싶으면 반드시 찾아왔습니다. 늘 똑같은 꿈이었어요. 그럴 때마다 저는 비명을 지르며 눈을 떴습니다

그 해변은 물론 어느 바다에도 가지 않았고 수영장에서 수영한 일도 없습니다

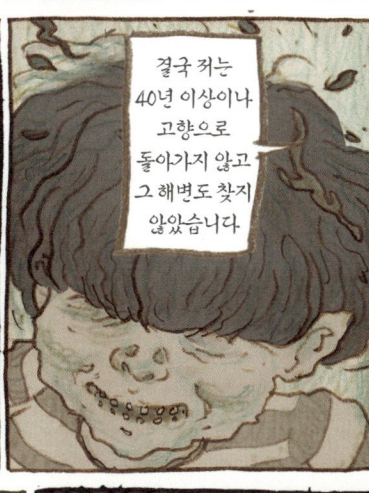

결국 저는 40년 이상이나 고향으로 돌아가지 않고 그 해변도 찾지 않았습니다

결혼하지 않은 것은 아마도 그 탓이겠지요

그런데도 저는 자신이 어딘가에서 물에 빠져 죽어가는 이미지를 뇌리에서 떨쳐버릴 수 없었어요

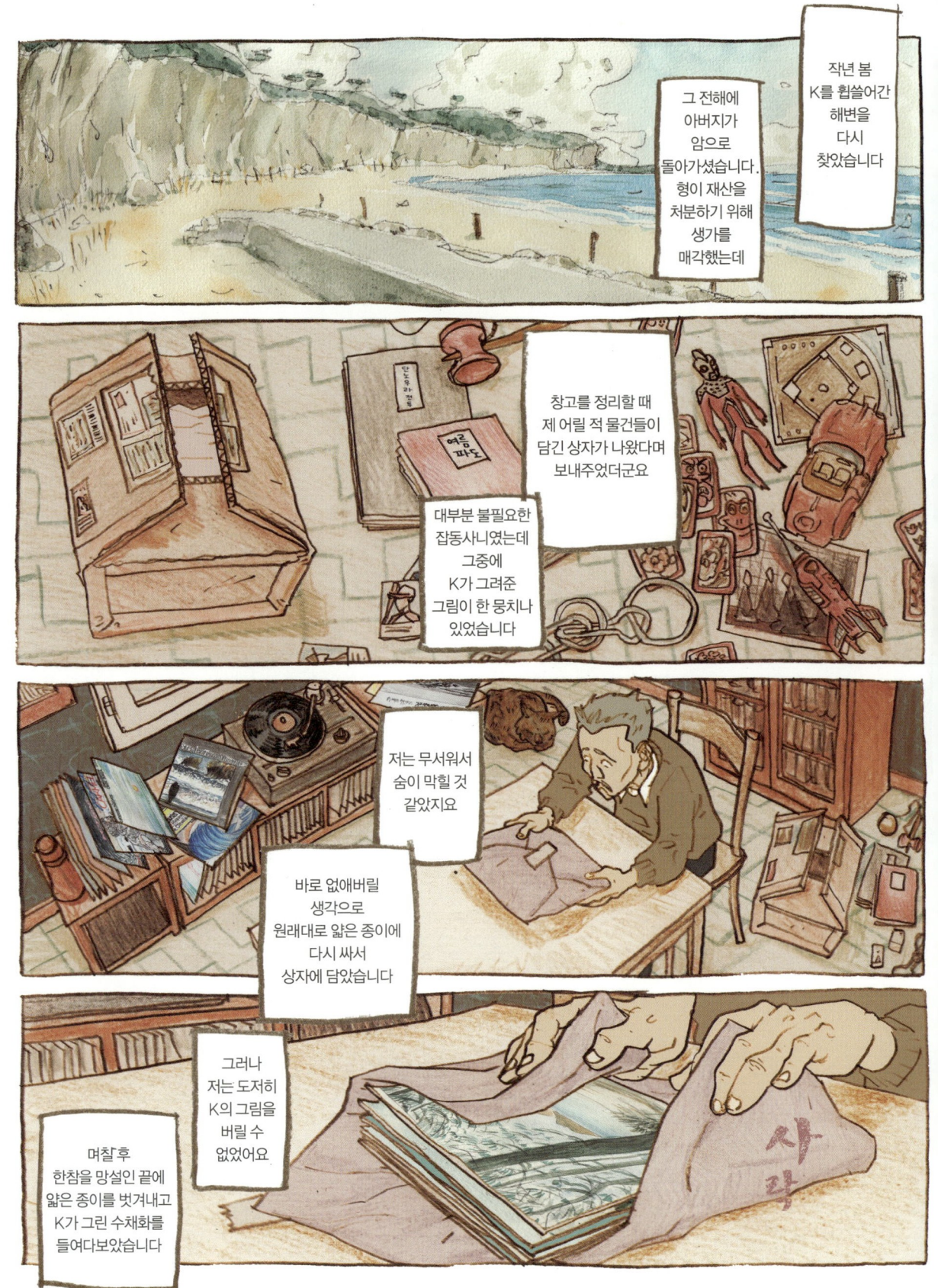

그러다 일주일쯤 지나서일까요. 퍼뜩 이런 생각이 들었습니다

저는 매일 회사에서 돌아오면 책상 앞에 앉아 K의 그림 중 어느 하나를 바라보았습니다

猛霊八惨大明神*

* 바다에서 나타나는 요괴의 일종

히죽 웃는 것처럼 보였지만 **그냥 어쩌다** 그렇게 보였을 뿐 그때 그는 이미 의식이 없지 않았을까

그 파도 머리에 누워 있던 K는 저를 증오하거나 원망하지도 어딘가로 데려가려 하지도 않았던 게 아닐까

혹시 **제가 지금까지 중대한 착각을 하고 있었던 게 아닐까** 하고 말이죠

그리고 저는 그 마을로 돌아가야겠다고 생각했지요

K가 그린 옛날 수채화를 꼼꼼히 바라보고 있자니 그런 저의 생각은 점차 확고해졌습니다

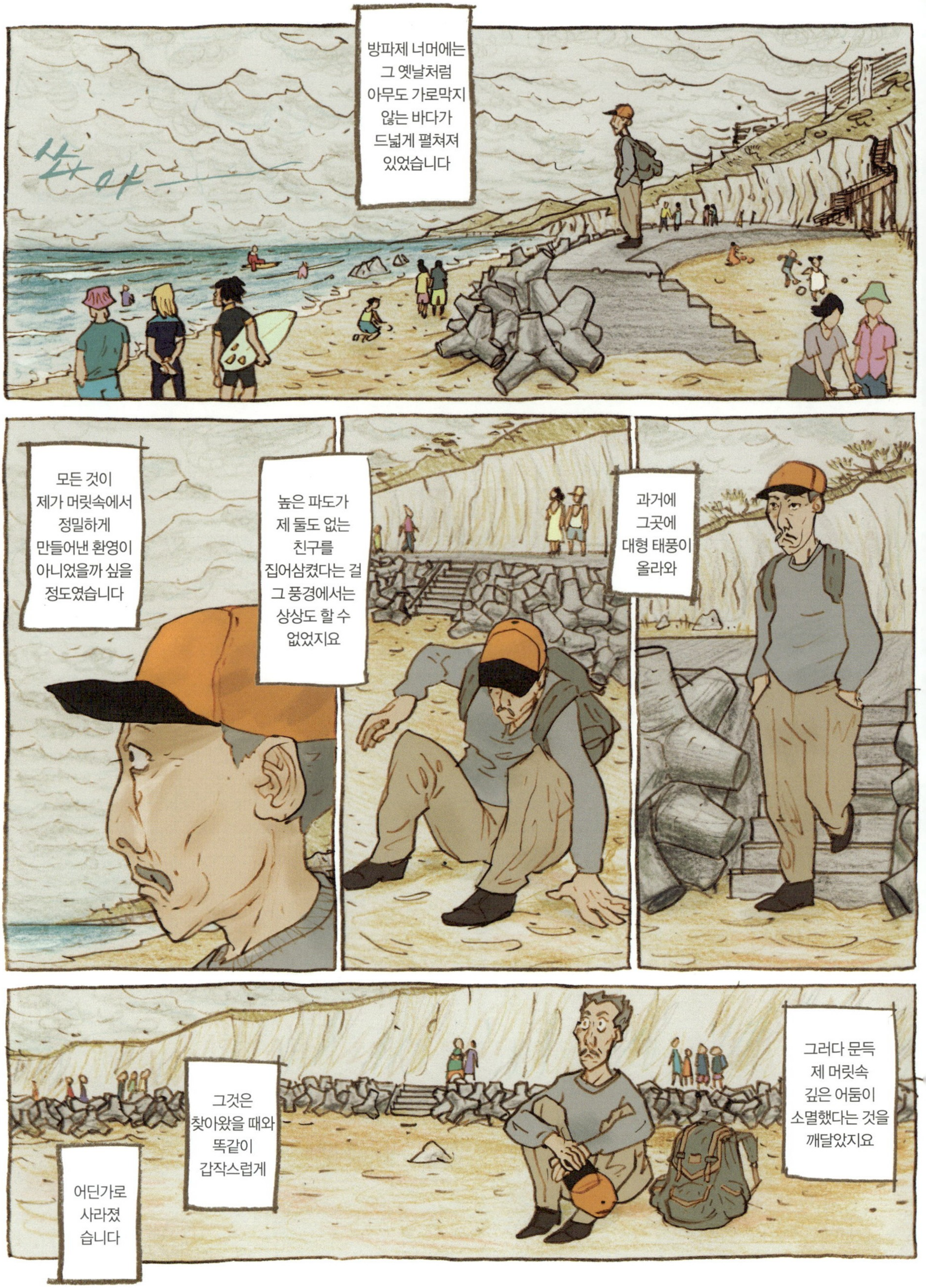

긴 세월이 지나 저는 겨우 이곳으로 돌아왔습니다

저는 무섭지 않았습니다

40년이란 세월이 제 안에서 썩은 집처럼 허물어지고 옛 시간과 새 시간이 한 소용돌이 속에서 뒤섞였습니다

그래요. 이제 아무것도 두렵지 않습니다

제 안에서 시간의 축이 크게 뒤틀렸습니다

JC Deveney & PMGL d'après Haruki Murakami

HARUKI MURAKAMI
9 stories

HARUKI MURAKAMI 9 STORIES: NANABANME NO OTOKO
by Haruki Murakami, Jc Deveney, PMGL
Copyright © 2020 Harukimurakami Archival Labyrinth, Jc Deveney, PMGL
All rights reserved.
Originally published in Japan by Switch Publishing Co., Ltd., Tokyo.
Korean translation rights arranged with Harukimurakami Archival Labyrinth,
Japan through THE SAKAI AGENCY and IMPRIMA KOREA AGENCY.

Korean translation copyright © 2023 Viche, an imprint of Gimm-Young Publishers, Inc.

이 책의 한국어판 저작권은 THE SAKAI AGENCY 와 임프리마 코리아 에이전시를 통한
Harukimurakami Archival Labyrinth 와의 독점 계약으로 비채에 있습니다.
저작권법에 의해 한국 내에서 보호를 받는 저작물이므로 무단전재와 무단복제를 금합니다.

일곱 번째 남자
무라카미 하루키 단편 만화선 #7

1판 1쇄 인쇄 2023년 9월 25일 | 1판 1쇄 발행 2023년 10월 30일

소설 | 무라카미 하루키
만화 | PMGL   각색 | Jc 드브니
옮긴이 | 김난주
펴낸이 | 고세규
편집 | 장선정 박규민   디자인 | 홍세연 유향주
마케팅 | 이헌영 박인지 정희윤   홍보 | 반재서 박상연

발행처 | 김영사
주소 | 경기도 파주시 문발로 197(문발동)   우편번호 | 10881
등록 | 1979년 5월 17일 (제406-2003-036호)
구입 문의 | 전화 031)955-3100   팩스 031)955-3111
편집부 | 전화 02)3668-3295   팩스 02)745-4827   전자우편 literature@gimmyoung.com
블로그 | blog.naver.com/viche_books
트위터 | @vichebook   인스타그램 | @drviche

ISBN 978-89-349-4227-6 04830   978-89-349-4665-7(세트)
책값은 뒤표지에 있습니다.

비채는 김영사의 문학 브랜드입니다.